JN083518

あなたへの手紙

～ありがとうとさようなら～

穂南あずさ
HONAMI Azusa

文芸社

もくじ

私の想い　5

──拝啓　丹治様　13

大好きなねぶた祭　17

──前略　鈴木様　19

ユキとの再会　22

──前略　ユキへ　24

我が子のような孫　28

──光太郎へ　30

ほんとうの願い　37

──前略　お義母様　39

──おとうさんへ　48

──私たちを支えてくれたたくさんの皆様へ　60

──追伸　おとうさんへ　63

半年が過ぎて……　67

──追伸─2　おとうさんへ　73

あとがき　81

私の想い

　友人のユキから宅配便が届いた。中を開けるまでもなくその箱からは甘酸っぱい香りがあふれていた。ユキは毎年私の誕生日にいちごを送ってくれる。送ったからねとメールも届いていた。

　中身はわかっていたのに、その箱を開けた瞬間、意外なものを見たように戸惑ってしまった。いちごの香りの強さに息が詰まって、不意に涙がこみ上げる。いちごは……生きている。そのひと粒ひと粒が、紅くつやつやと輝き、圧倒的な香りで私を包みこんでしまった。

　こんなに小さないちごさえ、いのちにあふれているのに……。たったひとりの、大切ないのちを、私は失ってしまった。毎日そばにいるのが当たり前だったその人が、夫が、もうここにいない。

　夫は「この年じゃ誕生日なんて今さらだけど……」そう言いながらも、自分のために使うんだぞ、と念を押して毎年お小遣いをくれたっけ。

　素敵なプレゼントでもなく、しゃれたことひとつできないひとだったけれど、「誰かのためじゃなくて、自分

が欲しいものを買うんだぞ」と何度も言っていたっけ。

そんなごく普通の、ささやかなしあわせがどれほど奇跡的なことだったのかが私にはわかっていなかった。こんなに早くさよならするなんて……。私の誕生日まであとたった10日だったのに。

そんなに大それた望みなんて持ってなかった。あと数年、二人で70代くらいまで元気で、一緒にのんびり暮らせたら。ただそれだけでよかったのに……。

「まずは、がんの部分を切除しましょう。あとは抗がん剤を投与して、数年は生きられますから」

医師のその言葉に、私たちの思考は停止していた。セカンドオピニオンを希望しますかとの問いかけにも、ただ首を横に振るだけで、頭の中では誰のことを言っているの？　という問いだけがぐるぐると回っていた。不意に夫が、「あと何年生きられますか」と聞いているのが私の耳元を掠めていった。

「平均して２年。細かく言えば２年半です」

あと２年。あと２年。あと２年……。その言葉だけが不吉に暗い影のようにまとわりついていった。

「手術が終わったら、おいしいものを食べたり、旅行に行ったり好きなことをして過ごされたらどうですか。あと数年かもしれませんが、そのように過ごされている方

はたくさんいますよ」

　まるで定年退職後の生活について説明しているような、淡々とした説明だった。

　とにかく手術さえ上手くいけば、普通の生活ができる。何の疑いもなくそう思って縋るしかなかった。それが2019年の11月だった。

　それからたった、４カ月……。2020年３月12日、夫はみんなが必死で引き留めようとする腕から、するりと抜けるようにあちらへ逝ってしまった。まだ63歳だった。

　３月初め、最後の遺伝子レベル検査で、抗がん剤の投与はもう不可能と言われた。テレビでは新型コロナウイルスに感染した人の人数が毎日発表され、日に日に異常事態を畳みかけてくる。病院で付き添うこともできなくなり、早急に退院するように促された。

　予定していた通りに緩和ケアを選び、自宅に介護ベッドを置いて、痛みが出たら痛み止めの、つまりは麻薬の点滴を追加する。そういう日が一週間続いた。隣のベッドにいる私の頭の上に点滴のバッグがぶら下がっている。うつらうつら眠って目が覚める度にいのちをつないでいる水が、天井を漂うようにきらきらと光っているのが見える。何度も何度もこれは現実なんだと思い知らされる。

自宅では17歳と７歳、５歳、２歳の男の子の孫たちと娘夫婦、そして、車椅子の私の母とが同居していた。娘は家事を、私は夫に付き添い、ひと月あまりの入院を乗り切ってきたけれど、二人ともとても疲れ切っていた。

　だから、男の子４人という育ちざかり、元気ざかりの孫たちに最低限食べさせなければという思いで、食べて眠ることだけを優先した。元気な孫たちの食欲と、買ってきたお弁当でさえ、「ママのごはん、おいしいね」という言葉にどれほど助けられたかわからない。

　夫にもまだまだ生きていてほしい。せめて２度目の余命宣告で言われた、桜が見られる４月末までは。疲れ切ってはいるけれど、私たちだってまだまだ頑張れる。

　家の中は散らかり放題、コロナ対策で買い物もままならないなか、調理すらおっくうで、三度の食事をスーパーやお弁当屋さんの弁当で賄う日々だった。

　一日一日、夫とさよならをする日が近づいているのがわかっていながら、『夜さえ乗り切れば明日は大丈夫』なにひとつ根拠のない『大丈夫』を繰り返し、ただずっとそばにいた。

　一日のうち数時間は痛みもひどくはないらしく、話をすることはできたけれど、夫は覚悟ができていたのか「死にたくない」という言葉を吐くことは一度もなかった。

　何度も何度も家族みんなに、一人一人に、

「頼む。あとのことは頼む」

と、繰り返すばかりだった。

病院を退院して一週間、そろそろお風呂にも入れてあげたい。ケアマネージャーさんに相談すると、奇跡的に翌日の移動入浴のキャンセルが入り、お風呂に入れてあげられることになった。ストーマのパウチも交換したし、少しはさっぱりできるかなと思っていた日の翌朝だった。

昨夜は今まで以上に苦しそうだった。まだ生きていてほしい……でもこんなに苦しんでいるのに頑張れって言うのは残酷すぎる。だから、思わず耳元で、「もう頑張らなくていいよ」と言ってしまった。あちらへ行く背中を押してしまった。言わなければよかったと、今でも後悔している。ちゃんと聞いていたんだね。でも、諦めたから言ったんじゃないということはわかってほしい。

朝から夫の様子になんとなく違和感を覚えて、家族みんなに集まってもらい、あと数時間で移動入浴が来るけれど大量の汗でびしょびしょになってしまった寝間着を取り替えて「これでさっぱりしたね。もう少しでお風呂だよ」って声をかけた瞬間だった。私は再び異変を感じた。夫はみんなが見守るなか、すでに息を引き取っていたのだ。みんなが見ていたのに、一瞬全員が目を離していた隙に連れていかれてしまった、そんな感じだった。

ドラマみたいにみんなが泣き崩れて縋りつく、そんな風にはならなかった。頭の中がフル回転で動き始めて、緩和ケアに連絡し、医師の診断をしてもらって、移動入浴のキャンセルをして、ケアマネージャーさんに連絡して……それから……それから……。泣いている暇なんか全然なかった。

　夫が亡くなって、やらなければならないことはどんどん増えていった。

　運転免許を持っていない私は、自分が自分であることの証明ができなかった。住基カードもパスポートも数週間前に期限が切れていた。ただただ激流に押し流されるように日々が過ぎていった。

　その激流の中にあって、私たちを支えてくれた人たちにはどれほど感謝しても感謝しきれない。伝えたい言葉はたくさんあっても口ではなかなか伝えられなかった。気持ちの整理もつかないまま、気持ちに整理なんかつかないのだろうとも思いながら、それでも前に進まなければならないし、四十九日をひとつの区切りにしよう、四十九日が過ぎたらお世話になった方たちに、全員には伝えられなくても手紙を書こうと思い立った。

　一人に７枚ずつ、７通書いたら四十九日の供養になるかな？　そう思った。ただの数合わせだけれど。一人に

７ページでなくても７通、全部で49枚以上の手紙を書きたかった。

　そして今の気持ちを書くことでそれぞれの方との思い出も今の悲しさやつらさも形に残せる。そう思った。こんな悲しいことを忘れるはずなんかないと思っても、きっと少しずつ忘れていってしまう。どうしても忘れたくない。忘れるわけにはいかないと思った。

　西暦2020年。令和２年というこの１年のことを、残そうと思った。

　結婚を機に青森に来た夫が、精密機器のサービスマンとして勤めていた会社だった。

　30年勤めたけれど、辞める数年前に会社の指示で新たな部署に替わり、経験も知識もない部門をゼロから立ち上げた。

　ようやく軌道に乗ってきていたのに、取締役から部門の閉鎖を言い渡された。まだこれから伸びるということも、それがなくなれば自分の居場所さえなくなるということも理解してほしくて話し合いをしたけれどわかってもらえなかった。

　長年勤めた会社に見放され、失意の時に救いの手が差し伸べられた。仙台の取引先の社長が夫の立ち上げた部門が無くなってしまうなら、新たに青森にサービスセン

ターを作り一緒にやろうと夫を雇い入れてくれた。それが丹治社長だった。

　仕事を認めてもらい、やりがいのある仕事ができたことで、夫は本当に嬉しそうだったし、毎日が充実していた。転職後の7年間は社員旅行でイタリアに連れて行ってもらったり、ハワイの時には私も一緒に連れて行ってもらえた。年末には都心でのクリスマス会と、まるで今までのご褒美をいっぺんにもらえたようなきらきらとした日々だった。

　あの時、夫を、私たちを救ってくれた丹治社長にはどれだけ感謝してもしきれない。まずは丹治社長にお礼の手紙を書こうと思い、書き始めた。

拝啓　丹治様

　こちらは静かに桜の季節を迎え、まもなくその季節を
終えようとしています。

　葬儀に際しましては、ご多忙中、そして体調がすぐれ
ないなかご会葬いただき、まことにありがとうございま
した。丹治様の弔辞に心を打たれ、たった七年しか勤め
られなかったのにこんなにも大切にしていただいたこと、
そして御社に雇い入れてくださったこと、こころより感
謝しております。

　おかげさまで、四十九日法要と納骨を滞りなく済ませ
ました。

　思えば、ほんとうに短い間にハワイへは三度も連れて
行っていただいて、最高に楽しい日々でした。あの頃は
願ったことはほんとうに叶うんだと、無邪気に信じてい
ました。私たちの結婚記念日には、毎年奥様から花が届
いて、夫は「今さら……」と苦笑いしながらも、うれし
そうにしていました。

　私たちは旅行にはほんとうに縁がなくて、新婚旅行す
ら行っていなかったので、この数年毎年クリスマス会に
ご招待いただいて、東京の豪華なホテルでおいしいもの
を食べて、宿泊した翌日は好きなスケジュールで過ごす。

それがとても楽しみでした。

　昨年は最後のクリスマス会になってしまいましたが、それまで夫は各テーブルを回りお酒を酌み交わし、おしゃべりしている間に料理が下げられてしまって、ほとんど食べられなかったのに、あの日は歩き回る体力がなく初めてずっと席に着いてお料理を堪能しました。

「おいしい、おいしい……」と、とてもうれしそうに、ほとんど残さずに食べていた姿が忘れられません。

　翌日は都庁を見に行きました。私は「おもいでピアノ」を見に行きたかったのですが、それを先に言っていたらきっと一緒に行ってくれなかったと思います。私が興味を持っていること、やりたいことはほとんど理解してくれませんでした。私が音楽は聴くことも歌うことも、本は読むことも書くことも好きなのに、私の歌を聴いてくれることも、私が書いたものを読んでくれることもありませんでした。全く興味を示してくれなかったのにはいつもがっかりしていました。

　それでも、私が十年前に童話集を自費出版したいと言った時、（悩みに悩んで相談したのですが……）絶対に反対されるだろうと思ったのに「やってみろ。応援するから」と、思いがけない言葉をかけられ、とても嬉しかったことが忘れられません。ほんとうは理解していないフリをしていただけなのかもしれないと今は思っていま

す。

　新宿駅から都庁まで結構な距離がありましたが、ゆっくりとふたりで歩いて、動く歩道の逆方向しか見つけられず、動く歩道は帰りだけ利用したこと、都庁で青空を見上げて写真を撮ったこと、肝心の「おもいでピアノ」は写真を撮ってほんの数分演奏を聴いただけだったのが昨日のことのように思い出されます。それでもその時間はとてもしあわせでした。

　初めに余命宣告を受けた時に、担当の医師からおいしいものを食べて旅行に行ったり、楽しんで過ごせばいいと言われましたが、そんな時間はたった一度、昨年のクリスマス会しか残されていないなんて、あの日は思ってもみませんでした。

　あの朝「行きたいけど痛みが出たら、と思うと怖くて行けない」となかなか出発しようとしなかったのを、「一緒にいるから大丈夫だよ」と半ば強引に連れて行ってよかったと思っています。

　そして、社員旅行でハワイに連れて行っていただいたことや夫と一緒に過ごした最後の数年、宝物のような時間をいただいたと思って感謝しています。

　ハワイの空港に着いたとたん立ち上る甘い香りの風、ふたりで散歩して、目に焼きついたマジックアイランドの夕日、天国の海に行った日はとても寒くて震えて帰っ

てきたこと、日本のようにどこにでも自動販売機がある
わけではないことを知らずに、飲み物なしでダイヤモン
ドヘッドに登ったこと。たまたま持っていったぶどうが
のどの渇きと疲れを癒やしてくれたこと。そして頂上か
らの眺めが素晴らしかったこと。二度目のハワイ最後の
朝、もう二度と来られないのかなとさびしく思っていた
ら虹が出たこと。もう一度来たいと願ったこと。それが
叶って三度目のハワイに行けたこと……。たくさんの夢
のように楽しかった思い出を、ありがとうございました。

　前職で、行き場もやりがいも失くすところを救ってい
ただき、生き生きと仕事をさせていただいたこと、心配
していた息子の将来までも……ほんとうにたくさんの財
産をありがとうございました。

　新型コロナ対策緊急事態宣言が解かれましたら一度御
社へご挨拶に行きたいと思っております。毎月出張で行
っていた仙台を、会社を見に行きたいと思います。

　心身ともに閉塞感に蝕まれている日々ですが、どうか
お二人ともお体を大事になさってくださいますよう、お
祈り申し上げます。

　　　　　　　　　　　　　　　　　　　　　　敬具

大好きなねぶた祭

　私たちは結婚したその年から、二人ともねぶた祭に跳ねに行くのをとても楽しみにしていた。青森ねぶた祭の跳人（ハネト）は言葉のとおり、踊るのではなくとび跳ねる。それが大好きだった。

　ある年は、雨の中擦り切れてしまった草履を、帰り道で捨てて裸足でびしょびしょになって二人でげらげら笑いながら歩いて家まで帰った……。

　春に長女が生まれたばかりの年はさすがに私も跳ねられず、夫と友人の二人で出かけたのが、あんな事件になるとは夢にも思わなかった。

　まだお祭り気分で歩いている歩行者の間を乱暴に通っていく車。それを運転していたのがあの男だった。ボクシングの大学生チャンピオンになり、いずれはプロになるつもりだったのだそうだ。同乗していた女の子たちの「あの人たちが文句言ってるよ」の一言にたきつけられ、かっこいいところを見せたくて夫と友人にいきなり殴りかかってきて、強く殴られた友人は亡くなってしまった。

　後ろからいきなり車が通っていけば誰だって振り向く

し「危ない！」ぐらいは言うはず。

　まったくの言いがかりで、被害者だったにもかかわらず、救急車に乗せられていく友人に付き添うこともできず、自分も怪我を負って警察の取り調べを受けて、朝になってようやく帰ってきた夫は、別人になっていた。

　それからというもの、ねぶたの話題は禁句になり、街中に流れる囃子の音も聞かないようにしていた。４年後に長男が生まれて、ようやく私と子どもたちだけはねぶたを見に行くことができるようになっていった。娘が小学生高学年になってPTAのねぶたに娘が跳ねるのに私が付き添うことができるようになり、だんだんに夫も見に行くぐらいはできるようになっていた。

　もともとねぶたが大好きだったから、「本社の経理の鈴木さんをねぶたに連れて行きたいから一緒に行こう」と誘われた時は、とてもうれしくて、二つ返事で参加することに決めた。

　ようやくあの呪縛から解き放たれたんだなと、感慨深く、本当に絶妙なタイミングだったと今さらながら思った。

　鈴木さんは会社の総務の方で、仙台の本社に勤務し経理の仕事をしていた。仙台―青森間の電話で、毎日のようにお世話になっていた。青森のねぶたを見てみたい、跳ねてみたいという鈴木さんの気持ちがまっすぐに伝わって、長年の呪縛から解き放たれたんだと思った。

前略　鈴木様

　ようやく桜が咲きました。人通りもなくひっそりと咲いている桜が、今年は特に目に染みました。
　お花見には行けないけれど、ちびたちを連れてコンビニでおにぎりを買って、コインランドリーで大量の洗濯物を乾かし、待っている間、駐車場に停めて車中から見える桜を見てお花見をしました。青森森林博物館からのお花見はとてもきれいで、ピクニックだね、とちびたちが喜んでくれたのが嬉しかったです。
　コロナ対策のせいでちびたちをスーパーにも連れていけないのがかわいそうでしたが、すこしはストレスも発散できたかな、と思います。
　最後の余命宣告で主治医から「桜が見られるかな……」と言われたことが忘れられません。リハビリ担当の看護師さんが「来年の桜まで頑張りましょう」と言ってくれたのはありがたかったのですが、青森の桜が咲くまではあと１カ月余り、今年の桜を見ることはできないのだろうと漠然と思っていました。
　それほど弱っていたのに、痛みが治まっている時はサポートなしで病院の廊下を歩いていました。私には体力が削られていくのが目に見えるようでつらかったのです

19

が、看護師さんと話をしながらゆっくりと歩いている姿は、最後まで、ほんとうに最後まであきらめるつもりはないんだという想いがあふれていました。

　おかげさまで、四十九日の法要、納骨も滞りなく済ませました。
　四十九日にもお花を贈ってくださってありがとうございました。そして、たくさん悲しんでくださったことも……。
　たくさんの思い出が数年の中にぎっしりと詰め込まれて、63歳という短い人生でしたがしあわせだったんだと思いたいです。
　鈴木さんとねぶたで跳ねることができて私もうれしかったです。実は、ねぶたで跳ねるのは30年ぶりのことでした。
　娘が生まれた年、友人とねぶたで跳ねた帰り道、ボクサーに因縁をつけられて殴られてその友人が亡くなったこと、血だらけの友人を抱きかかえ助けを呼んでも、たくさんの人が遠巻きにいるだけで救急車も来ないなか、ただただ恐ろしかったこと、ケンカはしていないのに新聞に大きく載り「ねぶたケンカ殺人」と言われ続けたこと。以来、跳ねるのはもちろん、ねぶたの囃子の音が聞こえることさえも嫌がっていました。それをようやく乗

り越えたんだなぁと思いました。ようやく楽しめるようになったんだなと。事件のことをなにも言わなかったのはやっぱりおとうさんらしいなと思いましたよ。

　残念ながら、今年はコロナの影響でねぶたが始まって以来初めて中止になりました。寂しい夏になりそうです。ただでさえ気持ちが塞いでいるのに先の楽しみが何もない、じっと我慢の日々がつらいですが、緊急事態宣言が解かれて、落ち着いたらまたお会いしましょう。

　　　　　　　　　　　　　　　　　　　　　草々

ユキとの再会

　わたしが中学２年の時、ユキが転校してきた。この子とは仲良くなれそう……と最初に思った通り、今でも交友関係が続いている。同じ高校を目指し同じ高校に合格できて、ずっと仲良くしていられると思っていたのに、高校２年の時にユキはまた転校していってしまった。それから数年は文通していたけれど、高校を卒業して、就職して、おとうさんと知り合って結婚して、家族との生活だけで精一杯で、いつのまにか私は手紙を書かなくなっていった。

　高校を卒業してから、ユキが一度青森に戻っていた時期が数年あった。うれしかったのに、いつでも会えると安心していた。ふと思い立って連絡しようとした時にはもう、引っ越して青森にはいなかった。自宅以外に連絡先も知らなかったことに気づいて、初めて大切な友人を失ったことに愕然とした。

　そうして20年が過ぎて、たまたまスーパーで再会した高校の同級生から「あなた、ユキと仲が良かったよね？少し前にユキと会ったよ」という話を聞き、ようやく消

息を知ることができた。

　今は東京にいるという。会いたい、連絡を取りたいとずっと思っていてよかったと思った。すぐに連絡を取り、手紙を書いた。ずっと手紙も書かずにいたことを詫びた。

　東京にはなかなか行けなかったけれど、それから数年後に東京で大好きな作家さんのシリーズ百巻達成イベントがあって、そのイベントに参加したあと、ようやくユキに会えた。疎遠になってから実に二十数年ぶりのことだった。

　四月半ばのその日、東京では珍しく遅く咲いた桜が満開で、イベント会場の九段下はピンクの光に包まれていて、そんなしあわせな光景の中で私たちは再会することができた。

　それからは東京へ行く唯一の機会である、クリスマス会の前の数時間だけユキに会えるようになった。クリスマス会にもう一つ楽しみが増えてうれしかった。

　昨年の、最後のクリスマス会では、ティーラウンジが混み合っていて、宿泊する部屋でおしゃべりをした。おとうさんも部屋にいて話をしたけれど、それが必然だったことが、今なら理解できる。

前略　ユキへ

　先月は毎月恒例の月初めのメールで、長いメールを送ってしまってごめんね。

　おとうさんがいなくなって2カ月が過ぎましたが、いまだに目の前で起こったことが信じられません。ひょっこり帰ってくるんじゃないか……とか、あまりの変わりように別な人を看取ったんじゃないか……とか。それならそれで悪い冗談でも笑って許すから帰ってきて、とか。いろいろ考えます。

　何もする気がなくなって、ただぼんやりと日々を過ごしています。でも、頭の中がこんなにもいろんな感情でいっぱいになるとは思いませんでした。

　悔しさだとか、悲しさはもちろん、感謝の思いもうずまいていて、気持ちが一瞬の間にプラスとマイナスを行ったり来たりしています。

　ようやくそのことが解ってきて、空っぽなんじゃない、むしろあふれてしまって、体が動かなくなっているんだと思いました。悲しかった、苦しかったことをブロックしてしまって、麻痺している。がっちりとふたをしてもちょっぴり洩れてしまう時もあって泣いたりしていることもあるけど。

いちばんいいのは、片付けだとか、スマホのゲームだとか、あんまり考えないで作業に没頭すること。娘が頑張って入院中に私とおとうさんのガラケーを解約してスマホにしてくれたおかげで、小さな時間つぶしにとても役に立っています。最初は操作ができなくて困りましたが、ずいぶんと慣れました。

　要するに感情にふたをしたままでいいんだな、と。日中はそうやってやり過ごしています。

　それでも、なんだか毎日くたくたで、とにかく眠いのに、夜中に目が覚めます。やっぱり気持ちに折り合いがついてないからなんだよね。あせる必要はないんだと思うけど、おとうさんが頑張って生きて、私たちに当座困らないお金を残してくれたこと、私のことが心配で、娘にも息子にも、光太郎にまで「おっかあはアホだから、頼むぞ」って何べん言っていたかわからないほど私を心配してくれたんだなと思うと、ちゃんと生きて、心配しなくていいよって胸を張れるように進んで行こうと思っています。

　おとうさんが今の会社に入ってから生きがいを感じる仕事に就けて、ハワイに行ったり、東京にも行って楽しい思い出がたくさんできた数年でした。最後のご褒美……みたいに、一気に何もかも順風満帆になって。私はクリスマス会の前に少しの時間だけでも、ユキと会える

のがいつも楽しみでした。昨年はおとうさんにも会って
もらうことができて、やっぱり偶然じゃなかったんだと
思います。

　これから年金をもらったら二人でのんびり温泉に行こ
うね、とか。私はキャンピングカーに乗ってあちこち行
ってみたいな……とか。そういう楽しみが、いきなりぶ
つりと途切れるように終わってしまったことがなにより
悔しいです。

　こうやって手紙を書いていても、いろんなことが思い
出されてつらくなるけど、こんなにつらくてもきっとい
つかは少しずつ忘れてしまう。だから今、向き合いたい。
私は私のしたかったことをやりきって終わりたい。ほと
んどの人が志半ばで生涯を終えてしまうから。

　あんなにみんなで頑張って、おとうさんにもう少し生
きていてほしい、あと２年だけでも……という願いが叶
わなかったからこそ、私は本を書きたい。歌を歌いたい。
私のしたいことを叶えたい。今、コロナ対策で歌えない
ことが悔しいから、せめて書こうと思います。

　つらいことだらけの2020年、おとうさんのことを書き
たい。誰よりも私がずっと覚えていられるように。むし
ろずっとずっと傷だらけでいいんだとさえ思うようにな
りました。ずっと痛いままでいいと。むしろずっとこの

まま痛みを持っていたいと。

　たぶん、おかしな考え方だと思います。考えていることもめちゃくちゃだし。でも、書きたい。おとうさんが楽しそうにしていたこと、喜んでくれたこと、苦しんでいたこと、ちゃんと私に宝物を遺してくれたけれど、たったひとつ欲しいものが手に入らなかったこと。母親の愛情が欲しかったのに、最後の最後まで裏切られたこと。おとうさんが生きていたら、あの人に気持ちをわかってもらうのはやめとけと言ったと思う。でも、私は私の想いを伝えたい。

　もう、おとうさんが返事をしてくれることはないけれど。

　私が今生きている意味は、私とおとうさんの想いを形に残すこと。そうせずにはいられなくて。

　それが私の愛情かもしれない。ほんとうに好きだったんだと、いまさら思い知らされました。

　　　　　　　　　　　　　　　　　　　草々

我が子のような孫

　娘が結婚したいと言ってきた時、私たちは反対しなかった。私たちはお互いが一人っ子で、遠距離恋愛だったこと、若すぎる、と自分たちが散々周りの人たちに反対されて悲しかった、苦しかったその思いを、娘にはさせたくないと思ったから。

　娘の前夫の両親もまだ若すぎると、結婚に反対して、息子は勘当するからと結婚式にも出なかった。それでも精いっぱい二人の門出を祝ってあげたかったから、我が家に受け入れて同居することにした。

　そして数カ月後、翌年に孫が生まれることがわかったとたん、手のひらを返したように向こうの家族が詫びてきた。これからは仲良く付き合いをしたいと。実際に孫が生まれると、抱っこしてみて情が湧いてしまったのか今度はもともと自分たちの所有物だったとでも言うようにこちらに欲しいと言いだしてきた。話し合ったけれど、欲しいのは孫だけで娘は要らないという。

　結局離婚を決意して、産後で精神的に不安定だった娘はさらに不安定になり、そこに付け込まれ、そういう母

親には子どもをやれないと親権を要求してきた。話し合いどころか脅迫するようになり、こちらも断固として闘うしかなかった。この子と娘を引き離してはならないと思った。

　こちらの姿勢にひるんだのか、諦めたのか、意外にもあっさりと数カ月後に離婚が成立し、親権も娘のものになった。けれど娘は心に大きな傷を負ってますます不安定になっていった。かわいい初孫だったから、私たちに異存はなく、親代わりとなって育てた。言葉を話すようになって、光太郎は自分の祖父を「おとうさん」と呼んだ。

　私の両親と同居していたせいもあって、曾祖父母の「おじいちゃん、おばあちゃん」もいるし、なんとなくみんなとは違うと思いながらも小学校に上がる少し前まで自分に父親がいないことに気づいていなかった。

光太郎へ

　孫代表というだけでなく、君は〈おとうさん〉にとって特別な存在でした。もちろん他の孫たちもかわいい大切な孫たちです。それでも初孫で、赤ちゃんの時お母さんが離婚したせいで君は父親と離れてしまったから、〈おとうさん〉は自分が父親であろうとしていたと思います。それに君もずっとおじいちゃんを〈おとうさん〉と呼んでくれたね。お母さんが再婚して、お父さんを〈ちゃん〉と呼ぶことになってしまったけれど……。

　釣りや魚を飼うのが好き、と趣味がぴったりと合っていつも楽しそうに釣りに行ったり水槽の掃除をしたり……。結局水槽が15個まで増えたこともあったね。君が小さいころ海に行って捕まえてきた時、魚もカニも一緒の水槽に入れてしまって、カニが逃げ出して大変なことになったけど、あれも面白かったね。

　君が中学生になって〈おとうさん〉と二人で沖釣りに行った日、大物が釣れてすごく喜んでいたのに、船に付けていた籠が外れて、魚が籠ごと流れていってしまったこと。あの日、がっかりして手ぶらで帰ってきた二人の顔が忘れられません。かわいそうだったけれど、あとで話を聞いて、おかしくてこっそり笑ってしまった。結局

あれが最後だったんだね。

　雪囲いや車のタイヤ交換まで教えて手伝わせたり。とにかくいつも一緒にいたかったんだと思う。自分の仕事は全部仕込んでおきたかったんだと思う。

　〈おとうさん〉がいなくなって、〈おとうさん〉の分も生きなきゃいけない、無駄にするわけにはいかないと思いながら、何もやる気が起きないのは、私もあなたのお母さんも一緒です。なんとか進まなきゃいけないと思ってはいてもただぼんやりしていたい、そんな気持ちでいっぱいです。

　めんどうでもつらくても、なんとかこうして生活していられるのは、君を含め家族がいるから。時としてもうどうでもいいという気持ちになったりするけれども、〈おとうさん〉が大切にしてきた家族だから。

　〈おとうさん〉が子どものころ、寂しいつらい思いをしてきたのは知ってるよね。だからこそ自分の居場所、家族をとても大切にしてきたことも知ってるはず。

　お母さんも私も、毎日毎日、ただただ泣いてぼんやりして過ごしたいよ。一人でいる時は泣いてるよ。君がつらいのも知ってる。でも、間違いなく言えるのは〈おとうさん〉が、私たちが泣いて暮らすことを望まないということ。

ほんとうは悔しくてたまりません。なぜ、〈おとうさ
ん〉がこんなに早く死ななければならなかったのか。〈お
とうさん〉の病気を早く見つけてあげられなかったこと。
入院してからあんなにすぐ死んでしまうなら、もっとも
っと優しくしてあげればよかった。あんなにつらい苦し
い治療をしなければならなかったこと。自分の寿命を知
って怖かっただろうと思うけど、それを聞くわけにはい
かないし、〈おとうさん〉も怖いとか、さびしいとか言
って甘えてはくれなかったこと。むしろ、「助けてくれ」
って泣いてくれたらよかったのに。いろんなことが悔し
くて、つらくて、悲しくてたまりません。
　それでも、〈おとうさん〉が亡くなる二日前に君が捌
いたカレイを煮つけて、カニで出汁を取ったスープをほ
んの少しでも食べさせてあげることができてよかった。
ビールを一口飲ませて、言葉に出せない「さようなら」
と「ありがとう」を伝えられてよかったんだと思います。
〈おとうさん〉は通夜も葬式も家族だけでやれって言っ
たけど、私はたくさんの人に見送ってほしかった。だっ
てもう、それしかしてあげられないもの。毎日線香をお
供えして話しかけることしかできないもの。今できるこ
とをしてあげるしかないんだよ。
　君が学校に行けなくなっているのは充分わかるよ。だ
けど時間が限られてるから、こればかりはどうにもなら

ないよ。高校に合格した時、〈おとうさん〉が「なんとか卒業してほしいなぁ……」と言っていました。

　君にできることは、卒業することではないですか？私だって仕事も辞めたいよ。当分仕事しなくても生活できるように〈おとうさん〉がお金を残してくれたし。でも、それは〈おとうさん〉が命を懸けて残してくれたお金だから、みんながなんとか前を向いて生きるために使いたい。外にご飯を食べに行く回数が増えているけど、それは無駄だとは思わない。みんなが食べて生きていくためだから。君のお母さんの負担を減らしてみんなが少しでも笑って生きるためだから。

　それでも、仕事は生活のためだけではなくて自分をレベルアップするために必要だと思うから私は辞めない。今は週に一日しか行っていないけど、もう少ししたら増やすよ。今はまだまだ手続きとか、やらなきゃいけないことがあるからね。

　君に泣くなとは言ってないよ。悲しんでるの知ってるもの。一緒に泣いたり〈おとうさん〉のこと話したり、家族でお互い支え合って生きていけないですか？

　心の中はからっぽだよ。頭の中はいろんな感情であふれててパンクしそうだけど。頭もこころも身体もみんなばらばらに動いてて自分が何をして、何を望んでいるかわからない状態です。

それでもなんとか踏ん張って生きてかなきゃいけない。それは〈おとうさん〉が望んだことだから。なにげにいろんな地雷を踏んで、うわっ、てなるけど、いきなり悲しくなったりつらくなったりすることに慣れなきゃいけないんだと思う。でも、それほど〈おとうさん〉のことが好きだったんだからしょうがないよ。

　何年も前に、何度も何度も同じ夢を見たことがあって、今になってこのことだったんだと思った。丸い、遠浅の海のど真ん中に、たった一人で取り残されてる夢。
　平らな岩場で足首くらいまでしか水位はないけど、周りをぐるっと深い海で囲まれてて、助けが来ない限り出られない。浅瀬のはじまで行くと色が真っ青になってて、深くなってるのがわかる。周りから波しぶきがかかってきて、魚もいない。いかだを作るようなものも何もない。だけどその浅瀬にはさまざまな色できらきら光る小さな生き物がたくさんいて、じっとそこにいても飽きないくらいきれいな海だった。
　そんなところに一人取り残されている、おそろしく孤独な夢を何度も何度も見たことがあります。あまりに心細くなってどうすればいいんだろう……と思って、目が覚める。あんまり何度も見たから、とうとう物語まで作ってしまった。物語はハッピーエンドではなくて悲しい

別れを乗り越えていこうとするところで終わる。まるで今のことを暗示しているみたいだった。

〈おとうさん〉がいなくなって（もちろん家族がいるけど）突然守ってくれる人がいなくなってしまった怖さ、自分が先頭で頑張らなきゃいけない心細さ。今までどれだけ守ってもらって力になってもらっていたんだろう。何気ないしあわせはいきなりなくなってしまうんだよ、という予知夢だったのかもしれないな……、と。

　毎日泣いてもいいから、前には進まなきゃいけない。もう少し年を取ったら〈おとうさん〉と二人で年金もらって、のんびり温泉に行ったり、キャンピングカーを借りていろんなところに行ってみたいねとか、君と約束した、ハワイに3人で行こうとか話したけど、なにひとつ叶わなかった。

　これも悔しいことの一つです。悲しいことの一つです。もっともっと一緒にやりたいことがいっぱいあったのに。

　今は這って進むようにしか進めないと思うけど、必ず立ち上がって〈おとうさん〉と一緒にやりたかったことを全部叶えて、そしていつか〈おとうさん〉のところに行った時におみやげ話をいっぱい持っていくこと。それが私の目標です。

　おいしいものをいっぱい食べて、いろんなところに行ったり好きなことをして、君のお母さんと君と、みんな

が元気で笑っている顔を〈おとうさん〉に届ける。それ
が私の目標です。

　気持ちは一緒だと思うので、もっともっと打ち明けて
くれないかな？　もっともっとしゃべってくれないか
な？　そして、ちょっとずつでいいので、〈おとうさん〉
みたいに頼れる人になっていってほしい。

　それが私の願いです。

ほんとうの願い

　夫の母親は、夫を産んですぐに、大切なわが子を手放した。おむつを替えることも、おっぱいをあげることもなく……。

　夫が30代で初めて母親に会った時は、取られたんだと主張したけれど、そもそも育てる気がなかったことは話の端々に感じられた。

　それから再婚した旦那さんが十数年後に病気で亡くなって神奈川から青森に引っ越してくる時、運送業者を呼ぶ費用がかさむという理由で、夫と私とで軽トラを借りて引っ越しを手伝うことになった。初めての首都高をドキドキびくびくしながら走り、ようやくたどり着いたのに、現地に着いて荷物の片付けが何一つされていない部屋を目の当たりにした時はショックでした。

　電源を切っておくように伝えておいた冷蔵庫から、溶け切ったアイスクリームを出して私たちに食べないかと出してきたこと、バナナは吊るすと長持ちするという理由で階段にバナナがぶら下がっていることに驚きました。

　疲れ切っていた私たちは数時間仮眠をして、それから

荷物の選別に入って、当座要るものだけにしようと言ったのに、漬けている途中の梅干しやぬか漬けの樽も荷物に入っていた。もうあの時に引っ越しなんかしないでやめればよかったと、今でも後悔している。

　旦那さんと前妻との間の二人の娘さんに、入院費がかかったから……と嘘をついて娘さんたちに父親の遺産を一銭も渡さなかったことをちゃんと考えるべきだった。父親の見舞いにも来ないひどい娘だから……と聞いて、信じてしまったことが間違いだった。

　許せない人ではあっても、夫を産んだ人だから……と、同情してしまったのが間違いの始まりだった。

前略　お義母様《かあ》

〈おとうさん〉が亡くなって、自分の気持ちを届けるために、何人かの人に手紙を書いて送りました。

　でも、この手紙だけは送らない手紙です。

　ほんとうはこの手紙を送って、〈おとうさん〉のつらさや苦しさを知ってほしい。私の気持ちも知ってほしい。だけど、その思いは、あなたに伝わることは決してないと思います。読んでもらったところであなたには理解できないでしょう。だから、ただ私の思いをまとめるためだけに書きます。

　あなたが〈おとうさん〉を産んだこと。その事実には感謝しています。そうでなければ私は〈おとうさん〉と出会わなかった。けれど、あなたが〈おとうさん〉を産んですぐ捨てて、全く育てなかったことにも感謝しています。あなたが育てていたら、きっと私は〈おとうさん〉を好きにはならなかったでしょう。〈おとうさん〉を育ててくれたおばあちゃんは、高価なミルクが買えなくて近所からヤギのお乳をもらってきたり、〈おとうさん〉が中学生の時におとうさんの父親つまり、自分の息子が亡くなってからも一人で働きながら育ててくれたそうで

す。

　子どものころ寂しい思いをした〈おとうさん〉がただひとつあなたに望んだことは、親子としての情。息子の身体を心配して、気遣ってくれること。息子として信頼してほしかっただけなのに。でも、その気持ちはカケラさえあなたにはなかった。わが身の保身でたった一人の血を分けた息子の最後の望みさえ打ち砕いてしまった。

　痛み止めが切れて苦しみながらも「自分を信用してくれないのか？」と振り絞るように問うた時の、その思いをあなたは踏みにじった。その罪は重いです。

　あなたからお金を借りる必要はなかったけど、〈おとうさん〉が「治療費が必要だから、貸してほしい。でも返せなくなるかもしれない。くれてやってもいいと思って貸してくれるならいくら貸してくれる？」

　そう聞いた時に、散々迷って返ってきたあなたの答えが『10万円』でした。あなたの口座にはその100倍以上の預金があることを私たちは知っていました。

　手術が終わってから、病院に見舞いに来た時に、あなたが置いていった30万円は家に手つかずでおいてあります。少しは後ろめたいと思ったんでしょうか？　私は受け取りたくなかったけれど、〈おとうさん〉が黙ってもらっておけと言ったから、家に持ち帰ってそのまま部屋に置きっぱなしにしていました。

私はあなたを許したくない。だけど、そういう思いを、これからも私が抱えて怨んで生きていくのは〈おとうさん〉が望むことではないでしょう。だから、この手紙を書いてここに封印します。

　あなたのことはもう、知らない人、関わりのない人として私の記憶から消すのがいちばんだと思います。あなたのことは微塵もかわいそうなひとと思わない。救いがたく哀れなひとだとは思うけれど。

　これを読んであなたが理解できるとはこれっぽっちも思いません。理解してもらう必要なんかない。

　なぜ、あなたが今ここにこうしているのか、たくさんの人に見限られ、ないがしろにされるのかあなた自身に問うこともないのでしょう。何も気づかず、わからないまま一生を終えるのでしょう。

「私は発達障害で、脳梗塞の後遺症もあって、人に助けてもらわないと生きていけない、助けてもらうべき人間なのに誰もわかってくれない、私は何も悪くない」

　そう叫び続けて生きていくのでしょう。どんどん孤立していくことにも気づかずに生きていくのでしょうね。それもまた、私には興味がありません。

　自分の責任はなにひとつ負わず、孤独でかわいそうな年寄りを装って、周りの人を巻き込み手助けをしてもら

って生きているくせに、代価を支払っているのだから、やってもらって当然、家族、特に〈おとうさん〉にはいろいろやってもらってあたりまえ、と真顔で言うのには驚きました。

いきなり病院の回復室に現れて「早く退院して、私を病院に連れてってよ。足が痛くってさ」とか「早く退院しなさいよ。奥さんに見捨てられたらどうするの」「あんたが先に死んじゃったら私はどうすればいいのよ」なんて。こんなことを自分が産んだたった一人の息子に、私の目の前で、手術の麻酔から覚めたばかりの息子に言える人がいるということが不思議です。どうすればそんなに自分勝手なことを言えるのか。

手をかけて育てたことなんか一度もないくせに、はっきり言えば、乳飲み子の息子を捨てたくせに「私はあんたの母親なんだから面倒見なさいよ」とはどういう神経で言えるのか理解に苦しみます。

世の中にはほんとうに身勝手な人がいることを知ったのはあなたが初めてです。そんな人がいることを知らずに生きていた私は、しあわせだったんだなぁとつくづく思いました。

事情があったことは理解できます。でも、後悔して、育てられなかった時間を埋めたいという思いが少しでもあなたにあったならば、私たちもこんなに嫌わなかった

し、憎まなかった。〈おとうさん〉は最後の最後まで、その親子としての時間や愛情を埋めたくて、信じていたのに、その気持ちはあなたには通じなかったのですね。

　私は〈おとうさん〉に何度も期待してはいけないと言い続けました。それでも信じようとした〈おとうさん〉がかわいそうでした。何度も裏切られたのだから信じてはいけないと言い続けたのに。

　初めてあなたと〈おとうさん〉が対面したのは娘が幼稚園に行っているころでした。会おうか会うまいか迷っていた〈おとうさん〉の背中を押したのは私でした。今はそのことを後悔しています。あの時、会わなければこんなに苦しむことはなかったのに、と。

　それでも、子どものころ寂しい思いをしただろう、つらい思いをしただろうと思ったから、どんな母親であっても一度は会いたいだろうと思ったから、会うことを勧めました。そのことが〈おとうさん〉をこんなに苦しめるとは思いもしなかった。こんなに面倒なことになるなんて思わなかった。

　数年後に再婚した旦那さんが亡くなって、旦那さんと前妻との間の娘二人には面倒を見てもらえないから、あなたが産んだたった一人の息子のそばにいたいから神奈川から青森に引っ越したいと言ってきた時、〈おとうさ

ん〉はこころよく了解しました。きっと親孝行したいと思ったのでしょう。

　でも、あなたは〈おとうさん〉のことを息子として愛したわけではなく、何でも言うことを聞いてくれる便利屋ぐらいにしか思っていなかった。そのことに気がつかなかったことをほんとうに後悔しています。娘さんたちには旦那さんの遺産を一銭も渡さなかったことを、もっとちゃんと考えるべきでした。あなたが信じているのは「お金」ただそれだけだったのですね。〈おとうさん〉はお金を払わなくても何でもしてくれる都合のいい人。ただそれだけの存在だったのですね。だから、入院した時も何の病気で、どれくらい入院するのか、聞くこともなかったし、いまだに病名すら知らないでしょう?

　〈おとうさん〉が「オレが死んでもあいつには知らせるな」そう言ったから、あえて連絡もしません。なぜ教えてくれなかったのかと聞かれたら、そう答えます。いろいろ小細工をしたり情報を集めるのは得意でしょう?ほんとうに心配だったら、電話もするはずだし、新聞だって毎日読んでいたから、お悔やみの広告に気がつかないいはずはないでしょう。

　足が痛いと通っていた整体院は我が家のすぐそばでした。忌中に整体院に来ていたことも知っています。ちゃんと一人で来ていましたよね。病院にだってバスで30分

以上かかるのに来ていましたよね。それなのに何一つ心配はしてなかったんですよね。連絡が来ないから生きているはずだと。数分足を延ばして家に来ていたらすぐにわかったはずなのに。

　私は新聞広告にも載せたし、あなたが通夜に来ることも覚悟していました。その時にはどうするかも考えていました。でも、気づくことはなかったんですね。

　四十九日を過ぎても〈おとうさん〉のことを教えないのはそういうわけです。知ったらあなたでも泣くんでしょうか？　それもどうでもいいことですが。とにかく、もう関わりたくないです。どうか、私の記憶から抹消させてください。

　この手紙を封印する前に、介護施設から身元引受人の再契約をするので話し合いに来てほしいと言われました。いずれ通る道と覚悟していましたが、〈おとうさん〉が亡くなった以上、もう一人身元引受人が必要で仕方のないことでした。

　コロナ対策でその機会が延期されて少し時間をあけることができたのはほんとうによかった。〈おとうさん〉が亡くなった直後だったとしたらとても立ち向かえなかった。

〈おとうさん〉が電話に出ないことに腹を立てていましたね。出られるわけがありません。初めて〈おとうさん〉が亡くなったと知った時の第一声は「どうして知らせないの？　家族なのに……」驚いてはいたけど、泣くこともショックを受けている風でもありませんでしたね。思ったとおりでした。

「私はあなたを家族だとは思っていないし、身元引受人になってもいいけれど、選ぶのはあなたです」

そう言うと、身元引受人を拒否しましたね。私と娘以外に引き受ける人はいないのに。身元引受人がいなければ２カ月以内にそこを立ち退かなければならないのに。利用している部屋はごみ部屋になっていて、部屋の中にトイレがあるのに、そこまで容易にたどりつけないありさまでした。何年も前から、手伝うから片付けようと〈おとうさん〉が言っていたのに、なんだかんだと言い訳をして片付けさせませんでしたね。

施設の方たちも本当に困っています。その部屋はあなたの所有物ではなく、借りているだけなのに。そういうことのすべてがもう遅いのです。文句を言いながらも相談に乗ってくれる、あなたの息子はもういないのです。

一度の話し合いで解決するとは思いませんでしたが、成年後見人をたてて、サポートしてもらうことになりました。ほんとうに肩の荷が下りました。きっと〈おとう

さん〉が応援していてくれたんだなと思いましたよ。だって立ち会った役所の方も包括センターの方も弁護士さんも、みんなあなたが身勝手だということに気がついてくれたもの。自分がかわいそうな人間でみんなに同情してもらうように仕向けていましたね。それもみんな嘘だと知っていますよ。

　2時間近くの話し合いの中であなたは涙を見せることもなく、〈おとうさん〉がどんな風に亡くなったのかとか、〈おとうさん〉の病状もなにひとつ聞くことはなかった。もちろん、お線香をあげさせてと言うこともなかった。

　そういうことで立ち会った方たちにもわかってもらえたと思います。一滴の涙を見せることもなく、取り乱すこともなく淡々と、家族なのに面倒を見てくれないという不満発言に、いっそそれでよかったと、私も良心の呵責に苛まれることなくすっきりしました。よほどのことがない限りもう会うこともないと思うと、腹が立つことも、悔しさもどうでもいいことに思えるようになりました。

　これでもう、あなたのことは忘れるようにします。
　さようなら。

おとうさんへ

　初めて、手紙を書きます。長い手紙になります。直接
届けることも、答えを聞くこともできないけれど、気持
ちは伝わっていますか？

　初めておとうさんに会った日、運命の人だと思ったわ
けではないけれど、なぜか気になって仕方がなかった。
もっとかっこいい人ももっと頭のいい人もいたし、なに
が惹きつけたのかわからないけれども、どうしても目が
離せなかった。それを人は運命と言うのかな……。一人
っ子同士で、お互いの寂しさが理解できて、惹きつけ合
ったのかもしれないね。

　お互いに周りから猛反対されて、駆け落ちまでしたよ
ね。たったの３日だけど……。いろいろあったけど、ど
うしてもどうしても別れることはできなかった。

　恋愛に関して言えば、私は気持ちを伝えるのがへたく
そで、シャイだった。だから「淳一」と名前を呼んだこ
ともなかった。名字にさん付け。結婚してからも「あな
た」なんて呼んだこともなかった。「ねぇ」か「ちょっ
と」。

　今思えばちゃんと名前を呼んであげていればよかった
なと思います。結局子どもたちが生まれて「おとうさん」

郵 便 は が き

160-8791

141

東京都新宿区新宿1－10－1

㈱文芸社

愛読者カード係 行

|||‖|‖‖··‖·‖··‖·‖‖‖‖·‖·‖·‖‖·‖·‖·‖·‖·‖·‖·‖·‖·‖·‖·‖·‖·‖·‖·‖·|

ふりがな お名前		明治　大正 昭和　平成　　年生　歳	
ふりがな ご住所	□□□-□□□□	性別 男・女	
お電話 番　号	（書籍ご注文の際に必要です）	ご職業	
E-mail			
ご購読雑誌(複数可)		ご購読新聞 　　　　　　　　新聞	

最近読んでおもしろかった本や今後、とりあげてほしいテーマをお教えください。

ご自分の研究成果や経験、お考え等を出版してみたいというお気持ちはありますか。

ある　　　　ない　　　内容・テーマ（　　　　　　　　　　　　　　　　　）

現在完成した作品をお持ちですか。

ある　　　　ない　　　ジャンル・原稿量（　　　　　　　　　　　　　　　）

書 名	

お買上 書 店	都道 府県	市区 郡	書店名				書店
			ご購入日	年	月	日	

本書をどこでお知りになりましたか?
1.書店店頭　2.知人にすすめられて　3.インターネット(サイト名　　　　　)
4.DMハガキ　5.広告、記事を見て(新聞、雑誌名　　　　　　　　　　　)

上の質問に関連して、ご購入の決め手となったのは?
1.タイトル　2.著者　3.内容　4.カバーデザイン　5.帯
　その他ご自由にお書きください。
(　　　　　　　　　　　　　　　　　　　　　　　　　　　　　　)

本書についてのご意見、ご感想をお聞かせください。
①内容について

②カバー、タイトル、帯について

弊社Webサイトからもご意見、ご感想をお寄せいただけます。

ご協力ありがとうございました。
※お寄せいただいたご意見、ご感想は新聞広告等で匿名にて使わせていただくことがあります。
※お客様の個人情報は、小社からの連絡のみに使用します。社外に提供することは一切ありません。

■書籍のご注文は、お近くの書店または、ブックサービス(☎0120-29-9625)
セブンネットショッピング(http://7net.omni7.jp/)にお申し込み下さい。

「じい」のままだったね。でも、わたしも名前で「利子」が定着してしまって。孫が生まれても、おとうさん、かと呼ばれたことはあんまりなかったからおあいこかもしれないね。

　結婚する前は、デートと言えばいつもドライブ。秋田の大舘市と青森市の中間地点、弘前市で待ち合わせをして、ただ車の中で時間を過ごすだけ。帰りは私を青森まで送る帰り道、岩木山に沈む夕日と車を運転しているおとうさんの横顔を切ない思いで眺めていたこと。それでも、あの夕日はいつも、とても綺麗でした。

　結婚してからは山へ行ったり、海に行ったり、自然の中が好きだったこと。子どもたちが大きくなってからはキャンプに行くのが楽しみだったこと。羊羹と花林糖が好きだったこと。いろいろなことが思い出されます。

　順風満帆どころか、苦労の連続で、それでもいつも「何とかなる」と言ってくれて、能天気な私はほんとうに何とかなるんだと思っていました。いつもいつも大きな盾に守られていたことに安心していました。

　去年の秋、長年ほったらかしていた腹部の動脈瘤が大きくなってきて、人工血管をつける手術を受けて、それが成功したのにいつまでも痛みが取れなくて、検査をずっと待たされて、何度もあちこち体中の検査を受けてようやく出た結果が大腸がんでした。がんを取って、抗が

ん剤を投与すれば平均２年。それが初めての余命宣告でした。でも、がんさえ取ってしまえば仕事はできなくても、家で穏やかに過ごせる。そう信じていました。それなのに、２年の余命宣告を受けてからたった４カ月で死んでしまうなんて、ほんとうに信じられません。

　手術をして、抗がん剤の投与をして、せめて１年くらいは温泉に行ったりおいしいものを食べたりして、楽しい思い出を作れると思ったから、そう言われたから、術後もみんなで頑張って看病して、もちろんおとうさんも頑張って必死でやってきたのにね……。穏やかに過ごせる日なんてなかった。

　検査に時間がかかったけれど、なんとか手術の日が決まって、ここさえ乗り切ればあとは回復すればいいんだ、そう信じていた。そういう説明を受けた。子どもたちもみんなそれを信じて一生懸命協力してくれた。それなのに。

　入院する前日に、私に仕事を辞めてくれと言いましたね。一日一日がカウントダウンなんだと。だからずっとそばにいてほしいと。あの時、もう自分の命が短いことを知っていたのですね。

　辞める覚悟でいた私の仕事も、さいわい長期で休みをもらえることになって。だから毎日毎日病院へ通って、泊まれる日は泊まって、ずっと一緒にいたのに。あんな

に長い時間一緒にいたこともこれまでなかったかもしれ
ない。

　痛くてもつらくても、もっともっと生きたいに決まっ
ている。そんなのあたりまえだよね。いったい、どんな
思いで一日一日を過ごしていたのか、それを思うと胸が
潰れそうになります。病院にいても家に帰ってからも、
隣でうとうとしていて、呼ばれて目が覚めると、上から
何本もぶら下がっている点滴が見える。あぁ、嘘じゃな
いんだ……。一日一日とおとうさんの命が削られている
んだと思うと泣きたくなったけれど、おとうさんの前で
涙を見せるわけにはいかない。

　病室の窓から海が見えて、遠くへ行くフェリーや、車
の流れを見ていると、もうこれに乗ることも、車を運転
することも、釣りに行くこともできないんだなと漠然と
思ってしまって、泣きそうになった時「そんな顔、する
な。俺にそんな顔を見せるな」って言われたから、泣き
たい気持ちにブロックをかけるのが上手になってしまっ
たよ。そんなこと上手にならなくてもいいのにね……。

　それでも時々は病室の窓から、空を見ながら雲の形が
何に見えるかのんびり話したりしたね。

　私にできるのは隣にいることと、痛み止めの追加ボタ
ンを押すことと手を握っていることだけ。

　入院中も生きようと最後まで頑張っていたね。できる

だけ毎日リハビリをして身体を動かして自分の足で歩く
ことをやめなかった。

　何度も腸閉塞をおこして、なにも食べられなくなって
いった。丸い小さなアイスキャンディーすら一口では食
べられなくて、たった一粒か二粒……。その頃には、も
う覚悟しなければならないんだと思いました。

　主治医が抗がん剤治療をするかどうかの最終確認に来
る前日、もう緩和ケアにしよう、家に帰ろう、とみんな
で結論を出しておとうさんもそうしようと言ったのに主
治医が最終確認に来たら抗がん剤治療を受ける、と言っ
て、私たちをびっくりさせたね。最後まであきらめたく
ない、今までよりつらい思いをしてでも頑張りたいんだ、
生きたいんだと、その思いを汲むことにしたのに。

　結局最終検査で、抗がん剤の投与はできないと言われ
て、緩和ケアをすることになってものすごいスピードで
手続きが進んで、翌日退院に決まった時、「明日、家に
帰ることになりました」と、主治医に見せたあのきらき
らとした笑顔が忘れられません。もう、手の施しようが
なくて、死ぬのを待つだけになってしまったのに。ほん
とうにうれしそうに笑っていたね。

　ストレッチャーに乗せられて、家に着くまでの数十分
の間に水が飲みたいと揺れる車内でペットボトルのキャ
ップをコップ代わりに水を飲ませても、何度も何度も水

を欲しがった。もうそんなに弱ってしまったんだと思ったけれど、家に着いたとたん、2階の寝室に設置した介護ベッドまでストレッチャーから降りて、階段を上り、支えられながらも自力で歩いた。それにはほんとうにびっくりしました。

　おとうさん。ほんとうにずっとずっといつも私の味方でいてくれてありがとう。わたしが間違った時も、ケガをした時も、病気で入院した時も、いつも私を守ってくれた。すぐ怒鳴られたり叱られたりはしたけど、結局かばってくれた。どれほど大きな盾であったのか、おとうさんがいなくなって初めて気がつきました。
　おとうさんがいなくなって寂しいと思う気持ちと同じくらい、生きていくのが怖くなった。もちろん、子どもたちや孫たちから力をもらって、私にできることは頑張ってやろう、私がお父さんの分も元気に長生きしようとは思うけれど。
　私はおとうさんの力になれていたのかな？　たったひと月、そばにずっといただけ、それでよかったの？
　ごめんね。それしかできなかったね。なんとか助けたい、痛みを減らしてあげたい、あと一日痛みなしで生きていてほしい。さよならするのが今日ではありませんようにって、ただ一日一日祈ることしかできなかった。40

年しか一緒にいられなかったね。

　あまりの苦しみように、耳元で、もう頑張らなくてい
いよ、って言ってしまった。だって麻薬じゃないと効か
ない痛みってどんな痛みなの？　想像もできないよ。

　大丈夫だよ、私はここにいるから、怖くないよって。
私があと一日生きていてって願ったら、おとうさんはも
う一日苦しまなくちゃいけない。そんなのひどすぎる。
もうこれ以上苦しませたくない。そう思ったから、言っ
てしまった。もう何も心配しなくていいよって。

　私は自分が強い人間だと思っていた。ずっと泣くのも
我慢できたし。だけど、お通夜もお葬式もたくさんの人
に見送ってもらったのは、ほんとうは私が寂しかったの
かもしれない。いろいろとやらなきゃいけない、人と話
をしなければいけないと思うだけで、感情をブロックす
ることができたから。でも、全然強くなんかなかったよ。
おとうさんが「お前は強いよ」って言ってくれたけど、
そんなことはなかった。

　まだぽんこつだけど必ず少しずつ元気になっていくし、
受け入れたくない気持ちでいっぱいだけど、笑って生き
るから、安心してください。ちびたちはこんな大人にな
ったよ、私はこんなおばあさんになったよ、と、お土産
話をたくさん持っていくので、首を長くして待っていて
ください。

そういえばちびたちがこっそり冒険に出る相談をしていました。ドラゴンボールを7つ集めたら、「じい」を生き返らせられるかもしれないって。ほんとうにかわいい子たちです。あの子たちが大人になるのを見守っていてください。

　私とおとうさんが一緒にいた時間の、半分くらいなら待てるよね？

　今はありがとうを何百、何千回伝えても足りないです。それでも、今思いつく限りのありがとうを書きます。

　ふるさとも名字も捨てて、私と結婚してくれて、ありがとう。「いい日旅立ち」が流行っていたころ、あまりにもみんなに反対されて真剣なんだとみんなにわかってほしくて駆け落ちしたね。

　お互い一人っ子で寂しかったから、一緒に家族を大事にしてくれて、ありがとう。

　私の両親と一緒に住んでくれて、家族になってくれて、ありがとう。父が入院した時、ひげを剃ってくれてありがとう。明日は誰が見舞いにくればいい？　と聞いたら、父は「おとうさん」って言ったよね。そんなふうに父を大事にしてくれてありがとう。おかげさまで父はそれから数日後、穏やかに旅立ちました。私は、そんな風におとうさんをうまく送り出せたのかな？　行き届かないと

ころがたくさんあったけど、少しは怖がらずに向こうに
行けたのかな？

　娘と息子の２人の子ども。そして娘の子どもが男の子
４人、息子の子どもは女の子２人、合計６人の孫たち。
大切な家族を、宝物を、たくさん残してくれてありがと
う。初めの余命宣告を受けて間もなく、何も残せなかっ
たと言っていたけど、そんなことはないよ。たくさんの
宝物があるおかげで私はこんなにもしあわせでいられる。
おとうさんがいないことだけは別だけど。

　いつも私のわがままを聞いてくれて、ありがとう。東
京のイベントに行きたいと言った時も、そんな余裕はな
かったのに行かせてくれてありがとう。満開の桜のなか
大好きな作家さんに会えて、ユキにも会えて、夢のよう
な時間を過ごしたよ。だから、今年おとうさんに桜が見
せられなくて本当に、本当に残念だった。人気のない公
園や通りに咲いている桜は、いつもよりも清々しく咲い
ているように見えました。

　仕事に行く時も、出かける時も、いつも車で送ってく
れてありがとう。すぐ近くなのに迎えに来てくれて、あ
りがとう。

　生活が苦しかった時も、家族を投げ出さずに頑張って
くれてありがとう。おかげでお金がなくても夢はたくさ
ん叶うことを知りました。たった一つ、おとうさんと一

緒に長生きすることは叶わなかったけれど。

　娘が離婚したいと言った時、向こうの家族が孫欲しさに裁判にすると脅してきた時も、全力で守ってくれてありがとう。あの時ほどO型一家の結束力を頼もしく思ったことはありませんでした。

　入院中、夜中に何度も起こされたけれど、お前も寝ろと気遣ってくれて、ありがとう。

　虫が大嫌いな私が騒ぐと、すぐに来て退治してくれて、ありがとう。

　ごみ出しもお風呂の掃除も、雪が積もった日は雪かきも屋根の雪下ろしもしてくれてありがとう。ストレス解消だと言って食器も洗ってくれたよね。たくさんの家事を率先してやってくれて、ありがとう。

　毎年春に、プランターに花を植えて、きれいにしてくれてありがとう。今年は、光太郎と二人でひとつだけプランターに寄せ植えを作りました。おとうさんの好きなビオラも植えました。毎年顔を出すクロッカスとチューリップは雪囲いを外さなかったから、気が付いて雪囲いを外した時には、日が当たらなくてもやしみたいになって、花も咲きませんでした。広がった枝をどんなに切っても切ってもすぐに伸びてくるレンギョウだけは、ここにいるぞと主張していつも通り明るく黄色い光を放っていました。

娘が高校生、息子が中学生の時、私が入院したよね。あの時、二人に毎日お弁当を作ってくれて、ありがとう。ご飯の下にラップが敷いてあって、その下にあるクイズの回答を学校から会社に電話するように書いてあって楽しかったし、おとうさんのお弁当のほうがおいしかったと子どもたちに言われて、ちょっと悔しかった。

　毎年、私の自転車を整備してくれて、ありがとう。今年は自転車が錆だらけです。

　若い頃、自分に自信なんかこれっぽっちもなくて自分の気持ちもまともに言えなかった私に、たくさん勇気をくれて、励ましてくれてありがとう。いつも、「自分がどうしたいのかをちゃんと考えろ」そう言ってくれてありがとう。

　目に見えないものこそが、ほんとうに大切なものだと知ってはいたけど、間違いなくそうなんだと教えてくれて、ありがとう。

　悲しくても、つらくても、この思いは一生消えることはなく、それが、一緒に生きた証しだと教えてくれて、ありがとう。おとうさんの代わりにこの痛みをずっと持っていきます。

　今、思い出せなくても、なんでもない日常の中に記憶をちりばめておいてくれて、ありがとう。おとうさんが

好きだった韓国ドラマや、たくさんの思い出を、ありがとう。すごく楽しかったよ。

　姿は見えなくても、言葉は交わせなくても、きっと見守ってくれている。そう信じて生きていきます。

私たちを支えてくれたたくさんの皆様へ

　人は、ほとんどの人は、あたりまえの日常があたりま
えではなく、どれほどありがたいことなのかを知らずに
生きています。私もそのひとりでした。

　そんなことはない。感謝して生きているよ。私もそう
思っていました。それでも、普通の、変わり映えのない
ささやかな日々。それこそが奇跡的にしあわせなことな
んだと、思い知らされました。

　夫が入院して、毎日私が病院に付き添うために娘はち
びたちを幼稚園に送り、そのまま私を病院に送り、夜に
なったらまた病院に私を迎えに来る。そんな生活が１カ
月とちょっと続きました。

　ただベッド脇に座って時々介助をする程度でしたが、
ずっと座っているのも体力が要りました。

　そんななか、笑顔で接してくれた看護師さんやリハビ
リの看護師さんたち。ありがとうございました。どんど
ん希望が失われていく中で、ささやかでも、そんな皆さ
んの笑顔が唯一の光でした。そういえば毎週読んでいた
『鬼滅の刃』にも励まされていたっけ。一緒に『がん』
という鬼と戦っているように思えて。

緩和ケアに移行する時も、たくさんの方が携わってく
れてスムーズに家に帰ることができました。退院する時
には私たちの車に手を振って見送ってくれて、がんばろ
う、まだこれからなんだと、たくさんパワーをもらいま
した。

　緩和ケアの方たちにも、ほんとうにお世話になりまし
た。退院して家にいられたのは1週間だけでしたが、そ
の間、何度も電話したり呼び出したりしてもいつも笑顔
を絶やさずに対処してくれ、苦しいながらも穏やかに過
ごすことができました。

　その連携をケアマネージャーさんたちが手際よくして
くれて、介護ベッドも、お風呂の手配もしてもらいまし
た。残念ながら、お風呂は間に合わなかったけれど、手
を尽くしてもらいました。

　私の仕事先でも、心置きなく看病できるようにずっと
休ませてもらってほんとうに助かりました。
「休んでも大丈夫」その一言が、その安心感がなければ、
とても乗り越えることはできませんでした。

　葬儀社の方たちも手際よく指示を出してくれて、その
気配りはほんとうにすばらしかった。おかげさまで私た
ちはお通夜、お葬式の間、ただおとうさんのことを思っ

て悲しんでいるだけでよかったから。

　そして、お通夜、お葬式に来てくださったたくさんの
方たち。まだ序盤だったとはいえコロナ対策が本格化し
てきた時期だったのに、遠方から新幹線を利用せず自家
用車でわざわざ来ていただいたこと。心から悲しんでく
れて、ほんとうに有り難かった。
　夫のために、たくさんの方が悲しんで泣いてくれたこ
とを、私たちがこんなにたくさんの方たちにお世話にな
っているということを、目の当たりにしました。人のあ
たたかさが身にしみて、どれほど救われたことか。久し
ぶりに逢う友人の顔も懐かしかった。
　今、生かされていることがあたりまえではないことを
身にしみて感じました。

　全部の人たちに手紙を届けることは難しいけれど、感
謝の気持ちを届けたいと思います。その気持ちをお返し
するのは、手助けを必要としている人に出会った時、助
けてあげられる私でいること。黙って支えてあげられる
私でいること。そのことを忘れずにいようと思います。
　たくさんのご厚意に感謝しています。
　ありがとうございました。

追伸　おとうさんへ

　あれから、２カ月が過ぎました。しばらくはくたくた
になって眠ったかと思えば、夜中に目が覚めて眠れなく
なり、結局満足な睡眠がとれない日々でした。
　なんとか身体を動かしては疲れて、一日ぼんやりして
は疲れて、結局どうやっても疲れが取れない状態でした。
　おとうさんのことを思うと、食べられなくなることが
怖くてたまりませんでした。結局毎日食べているものが
寿命を決めるということを、こんなにもひしひしと感じ
ることはなかった。もちろん、気を付けてはいたけれど、
野菜嫌いのおとうさんに野菜を摂らせることが難しかっ
た。青汁だけではどうにもならなかったね。今は、おと
うさんが大好きだったベーコンやハム、卵、牛乳は冷蔵
庫に入っていません。怖くて食べられなくなってしまっ
たから。
「じいが作ってくれたベーコンエッグが食べたいね」と、
ちびたちからリクエストはありますが、当分できないと
思います。
　さいわい、ちびたちにつられてとにかくみんなで食べ
ることはできています。食事を作るのが億劫でお弁当だ
ったり、外食をしたり……。それでもお腹が空くことは

救いでした。お腹が空くことは生きている、元気な証し
だということをこんなにありがたく思ったこともありま
せんでした。

　さまざまな手続きを、一つずつ片付けては、もう一つ
……。一歩ずつ進んでいる毎日でした。何もする気が無
くなっても、一歩は進んだ、一つは片付けた、と呪文の
ように頭に刻み付けています。それもようやくほとんど
のことが終わりコロナ対策も少し緩やかになり、もとの
日常に戻りつつあります。ただ一つ、おとうさんがいな
いことを除けば……。

　葬儀社さんからいただいた大きな手描き風のポートレ
ートは私の部屋に飾ってあります。小さなテーブルにキ
ャンドルとお線香立てと花を添えて、仏壇とは別にメモ
リアルコーナーを作りました。毎晩話しかけているの、
見てくれていますか？　聞こえていますか？

　まだまだ、警戒を緩めるわけにはいかないし、コロナ
だけでなく、さまざまな病気と闘える体力をつけるため
に、冷蔵庫を買い換えました。もちろん、あのお金で。
受け取ったままほったらかしていたあのお金を、みんな
の健康といのちを守るために使おうと考えました。

　10年以上使っていた冷蔵庫だから、もう、いいよね？
今度の冷蔵庫は省エネで、冷凍庫がとても大きいです。
冷蔵庫に入りきらなくて使えなくなったりしていた食材

も、捨てることが少なくなりました。調整が上手くいか
なかったご飯も、がんがんストックを作れます。
　ちびたちの大好きなアイスクリームもたくさん入りま
す。いちごだってそのままでも、冷凍でジェラートにし
て、甘酸っぱい香りを残したままずっと香りを楽しむこ
ともできます。
　ほんとうはおとうさんに飲ませたかった、にんじんの
ジュースも、野菜スープも、たくさんストックが作れま
す。薬なんか飲まないで、ちゃんと毎日のご飯で健康で
いられるように、おいしいご飯を笑って食べてみんなが
元気でいられるように。新しい冷蔵庫は心強いお守りで
す。
　ごく普通のささやかなしあわせが、ずっと続きますよ
うに……。どうか、見守っていてください。
　最後に、たったひとつ大事な約束を破ってごめんね。
お通夜も葬式も家で内輪でやってほしい、という約束で
す。去年の８月に私のいとこが突然亡くなった時、いつ
までも生きていられるわけじゃないんだね、と二人で話
しましたね。それから半年かそこらでおとうさんまでい
なくなるなんて思わなかった。自分の時は家族だけで全
部済ませてほしいと、娘にまでそう言っていたね。そん
なことはもう何年も先の話だと思っていたのに。けれど
も、大きな会場を借りなければたくさんの人に見送って

もらうことができない。それに、荒れ果てた家を片付けるのも不可能でした。だから葬儀社さんのホールを借りました。おかげさまで、泊まることもできて、たくさん人が来ても大丈夫でした。ちびたちもお泊まりできるねとはしゃいでいました。

　あの子たちは、ほんとうに小さなことでも「今日はみんなでお泊まりできてよかったね。今日は美味しいご飯だったね」と、悲しい日々の中から小さなしあわせを四つ葉のクローバーを見つけるみたいに知らせてくれます。

　それでも、もう一つの約束はちゃんと守ったよ。病気で入院するもっと前に「オレより先に死ぬな。オレは寂しがりやだから、看取ってくれ」という約束を。ちゃんと守ったよ。いろいろ期待に沿えないことはたくさんあったと思うけど、いちばん大切な、つらい約束だけは守りました。こんなに悲しいとは思わなかったし、もっとずっと先のことだと思っていたけれど……。

　いつもいつも、見守っていてくれることを感じているよ。また、逢える日まで、それまでしっかりと生きていきます。

半年が過ぎて……

　あれから半年が過ぎたのに、いまだに夫がひょっこり帰ってくるんじゃないか……とか考えてしまったり、普段通り部屋にいる夢も何度か見たりした。

　新盆には必ず、戻ってきていることがわかるようにしてねと、仏壇に向かって話しかけていたのに、全然わからなくて「なんで来てくれないの？　怖がったりしないからちゃんと教えて！」と言ってしまった。

　その夜の明け方、湖で空き瓶を拾った夢を見た。多分毎年のように行っていた十和田湖だったんだと思う。静かな湖面に大きめのジャムの瓶のような蓋つきの瓶が浮いていて、拾い上げると中ににじんだ文字がびっしりと書かれた手紙がむき出しで入っていた。真ん中に大きく『みんな、ゴメン』と書かれていた。もっとちゃんと見ようと目を凝らしたところで目が覚めてしまった。

　ドキドキして、目が覚めてしまったけど、もっとその夢の続きが見たかった。もっとその手紙を読みたかった。ほんとうはその手紙にたくさんの思いが書かれていたはずだったのに。そう思うと目が覚めてしまったことが悔

しかった。生きている時はお互いに、わかってくれてい
るはず……そう思って気持ちを言葉に出すことはあんまり
りなかった。でもそんなのダメだった。ちゃんと言葉に
して伝えるべきだったし、聞くべきだった。

　私だって伝えたいことが山ほどあって、今こうして手
紙を書いているのに。

　私はガラケーが好き、とみんなに言っていた。ずっと
ガラケーを使っていたい。なんであんなにかたくなにそ
う思っていたのか……。通信料金が割高になることもあ
ったけれど、スマホにしたらのめり込んでしまうのがわ
かっていたからかもしれない。

　夫の入院中に解約費用が発生しないタイミングが来て、
娘に頼んで夫と私のガラケーを解約した。おとうさんが
委任状を書ける今、スマホに移行するべきだと娘に勧め
られて、スマホを購入した。

　病室でとりあえず最低限の連絡を取れるように設定し、
LINEを入れ、使い方を練習した。

　テレビ電話のやり方も夫と一緒に練習した。夜、家に
帰ってもこれで顔を見て話ができると少し安心した。

　電話帳の設定をしている時に何度も通話に触れてしま
って繋がってしまったり、切り方もわからずに何人かの
方たちに迷惑をかけて申し訳なかったけれど、必死で使

いこなそうと思った。頭がパンクしそうだったけれど、これが後々役に立って、今では片時も肌身離さず持っている相棒になってしまった。

　半年過ぎて、ようやくいろいろなスイッチが入り始めた。悲しさや寂しさは、少し薄れてはいるものの、相変わらず心のど真ん中には夫がいる。毎朝、目が覚めるたびにほんとうにおとうさんは死んでしまって、もう帰ってこないんだと思い知らされる。

　けれど、気持ちはヤラネバではなくて、ヤロウ……に変化してきていた。

　娘がぐいぐいと私の重い腰を押して、夫が管理していた物置を整理した。体が入っていかないほど物があふれていた物置から出た90キロの不用品を市のごみ処理所まで持っていった。さすがに二人とも心が折れそうになってそのあとはプロに頼んで、さらに軽トラック一台分の不用品を回収してもらった。玄関を片付け、台所を片付けた。どんどん家の中がきれいになってすっきりとしてきた。そして冬が来る前に家じゅうを断捨離……ならぬ全捨離が二人の目標になっている。

　おとうさんは電話工事、高所作業者の免許を持っていたから、電気関係もいつもおとうさんがやってくれた。何でもやってくれたから、全部任せっきりだった。

今は「おとうさんはいない！ だから自分たちでやろう」
が口癖になっている。

　拭いても汚れが取れなくなった居間の不織布のブライ
ンドは外してカーテンにした。外し方がわからなくて困
ったけれどYouTubeで見つけた。お風呂のアルミブラ
インドも、外し方を覚えた。おとうさんがいなくても、
わからないことのほとんどをスマホで調べた。居間の小
上がりの下側とトイレの壁紙も張り替えた。

　家の中が見違えるようにきれいになったけど、おとう
さんの衣類や荷物はいまだに何ひとつ片付けられないで
いる。入院した時の荷物を、たった一つの紙袋を片付け
られたのは８月に入ってからだった。

　どうしようもなく無気力な日も、ぼんやりスマホでゲ
ームをした。傷ついた心の癒やし方も、つらい日でも笑
える動画もたくさんあった。悲しいのは私たちだけじゃ
ない。そう思える瞬間も、元気をくれるメッセージもス
マホからたくさん受け取った。

　ある日、ＮＨＫテレビの「街録」が目に留まった。私
と同じように60代で夫を亡くして、それでも明るく生き
ている女性だった。あぁ、この人も……。

　そう思うと目が離せなかった。お互いに生かされてい
ることのしあわせを無駄にしないようにという思いは一

緒だった。

　その人と実際に関わることはなくても、同じ思いを共有できる人がたくさんいる。わたしは一人じゃない。そして、だれか一人ぼっちで悲しく苦しい思いをしている人にメッセージを贈ろうと思った。あなたは一人じゃないよと。

　わたしはなんという濃密な時間を持ったのだろう。西暦2020年、令和２年というこの年は悲しいこともつらいことも、うれしいこともしあわせも、何もかもがのしかかるように降りかかってきた。

　コロナウイルスという今まで何でもなかったような存在が命を脅かし、人と人とが話したり触れ合ったり、楽しく食事をすることが嫌悪されるなんてそんなことは間違ってると思った。でも身を守り、家族を守るためにはやむをえないし、１日中マスクを着けて仕事をしたり、不自由な生活を強いられることも我慢しなければならない。

　ずっと続けてきたコーラスは、現在も活動休止中だ。人が集まって歌うただそのことが許されない状況になってしまった。大好きな音楽が機械を通してでなければ聴くこともできなくなってしまった。

　今までの常識だとか当たり前があちこちから覆されてしまった。

おとうさんがいる時といなくなってから。コロナ以前とコロナ以後。紀元前と後、くらいに私の世界は、はっきりと変わってしまった。もう戻ることはないんだと思った。風邪のウイルスやインフルエンザウイルス、今までもあったものがこんなに人の命を、生活を脅かすなんて思ってもみなかった。

　それでもすべてが不幸ではなく、すべてが悪いことではなく、しあわせも嬉しいこともいろんなものが交じり合っている。こんなにもはっきりと変わってしまってもしあわせという本質は変わらないんだと思った。どんなに形が変わっていても。

追伸—2　おとうさんへ

　おとうさんが2019年の秋に血管の手術をして、それ
からがんの手術をしてという季節がひと回りしました。
最初に手術をしてから、もう１年経ってしまったね。
　どれだけ手紙を書いても、また何度も何度も追伸を書
き続けていくんだなと思いました。書きたい、知らせた
いことは次々に出てきて、そのひとつひとつを忘れない
ように書いて、わたしがおとうさんのところへ行く時に
は持ちきれないほど手紙を持っていきます。
　あれから大好きな米津玄師の『Lemon』が聴けなく
なりました。あまりにも歌詞がぴたりとはまりすぎて。
　『ゆめならば　どれほどよかったでしょう……』
　このフレーズがこんなにも心につきささるなんて、夢
にも思わなかった。大好きなB'zも言葉の一つ一つが泣
いてしまうスイッチだらけで、それが怖くて聴けなくな
りました。
　代わりに光太郎が薦めてくれたビリー・アイリッシュ
の『No Time To Die』ばかり聴いていました。メロ
ディが優しくて、詩が英語でなんとなくしか意味がわから
ないから安心して聴けたのかな。
　病院から帰ってきて家にいた１週間。もう、ダメなん

だとわかっていたけど、さよならもありがとうも言えなかった。さよならなんかもちろん言えなかったし、今までありがとうなんて、さよならすることを認めてしまうからもっと言えなかった。話したいことはいっぱいあったのにね。

　未来を語ることも、過去を語ることもできなかったね。今のことしか話せなかった。本当はちゃんと言葉でありがとうを伝えたかったのに。

　ただ1週間を、今日1日を、いつも通りに過ごす以外なにもできなくてごめんね。

　その間に、いろんな人がお見舞いに来てくれて、車椅子の私の母とも一度だけ会えたね。歩けない母を娘と二人で両脇から支えて2階に連れて行って。同じ家の中にいるのに、数分会うのがこんなに大変なことって、ないよね。

　大好きなカニとカレイ、光太郎が捌いたものを料理して、食べさせたら美味しいと言ってくれたけど、カニのスープとカレイの煮つけは美味しかったですか？　ほんの少し飲んだビールは旨かったですか？　それぐらいのことしかできなくてごめんね。それが私たち家族からの言葉にできないさよならとありがとうでした。

　私たちが気づかずにいた瞬間、さようならをする瞬間、今までの記憶がフラッシュバックしましたか？　願わく

ばみんなで笑っていた時の思い出だけ見ていてほしかっ
た。見えなくなる直前に、みんなの顔が見えましたか？
みんなここにいる、とわかってくれたかな？　それは永
遠に答えがわからないけれど、一瞬だけでもそう感じて
いてくれたら、と思いました。

　お通夜もお葬式も終わってからは、ご飯を食べて眠る
以外、なにもできなくなりました。日めくりカレンダー
もおとうさんがいなくなった日のまま、４月に入るまで
誰も気が付きませんでした。毎日ぼんやりとスマホの塗
り絵ばかりしていました。まわりの景色もテレビも何も
かもが色あせて、現実感のない手ごたえのない日々でし
た。

　塗り絵のグレーの絵や写真が、少しずつ色鮮やかにな
っていく瞬間を何度も何度も繰り返して、これからの時
間が色鮮やかに感じられるようにと祈っていたのかもし
れません。

　四十九日まではそうやって過ごしていました。それが
区切りになって、こうやって手紙をたくさん書こうと思
いました。

　おとうさんがあちらへ逝って２週間後、近所の加藤さ
んが同じ病気で亡くなりました。加藤さんは一人暮らし
だったから、あれこれ手伝ったり時々はケンカしながら

も仲良くやっていたけど、そこまで仲良くしなくてもよかったのにね。

　そして、ご近所の蝦名さんの奥さんも病気で全介護になってしまって、もうご自宅に帰ってこられなくなりました。蝦名さんの家で、蝦名さんと加藤さんの娘さんと、娘と私とで飲み会をしたこともありました。お互いに大切な人が帰ってこない、会えないつらさを紛らわそうとして。

　LINEを入れたおかげで、私の友達ののりちゃんとも久しぶりに話しました。結婚する前、ダブルデートしたこともあったね。本当は1月にご主人が亡くなったばかりで、自分も喪中なのに、初七日に来てくれたよ。ご主人が難病で何年も入退院していたことも何も知らなかった。介護施設と病院を行ったり来たりしていて、ほんとうに大変だったのに、一人で頑張っていたそうです。

　のりちゃんも私たちと同じ一人っ子で気が合って高校生の時から友達でいたけど、ご両親に援助もしてもらえなくて苦しい生活をしていたことも初めて知って、改めてわざわざ足を運んできてくれたことに、申し訳ない気持ちとありがたい気持ちでいっぱいになりました。

　ご主人が病気で体が動かなくなり、口も利けず、気持ちを伝えることもできなくなってしまった時、「手とか足とか動かしてみなさいよ」とか「しゃべってみなさい。

しゃべれるよね?」とかきつい言葉ばかり言ってしまって、鬼みたいだったと、私に話してくれました。でも、愛情や優しさがなければ、最後まで看取るなんてできないよね。鬼でも冷たくもないよ、と私は言いました。それが彼女の愛し方なんだと思うし、愛情表現は人それぞれだから。何もかも背負って必死だったと思う。だから、もう自分を責めたりしないで、しあわせになってほしい。そう思いました。

　5月には、浅虫の、オムライスが世界一おいしい『シャルム』へオムライスを食べに行きました。おとうさんの遺影と一緒に海も見てきました。マスターもおとうさんが亡くなったことを知ってびっくりしていたけど、そのマスターが、10月にがんで亡くなりました。あのオムライスが二度と食べられなくなってしまったのがとてもとても残念です。あれが最後になるなんて思いもしなかった。

　夏休みもどこにも行けず、どこもかしこもふさがれているような毎日でしたが、7月の末にちびたちと一緒に平川市の『アップルランド南田温泉』に一泊しました。コロナで、遠くには行けないけれど、温泉につかって、翌日はすぐ近くにある猿賀神社に行きました。蓮池が有名だとは知っていたけど、満開のピンクの蓮の花は予想

以上で、泣けるほど美しかった。あんなに花が大きいなんて思わなかったし、公園で遊んで、帰りには焼肉を食べて、久しぶりに楽しかった。でも、ここにおとうさんがいたらよかったのにとやっぱり思ってしまった。楽しいと思うたびにおとうさんがいないことを思い知らされてしまう。

そういえば夢のなかに、また逢いに来てくれてありがとう。とてもリアルな夢で、おとうさんは生きてたんだ、と安心してしまった。いつものようにドライブをしていて、私は助手席にいておとうさんの体温すら感じるような夢だった。

運転中にいなくなったと思ったら、おとうさんは後部座席で片付けをしていた。対向車が怖いからと呼んだらまた運転席に戻ってきた。現実にそんなことができるわけはないんだけど。

それから知らない街を二人で歩いて、何気ないおしゃべりをしたね。いつの間にか家に戻っていて「オレ、早くお花畑に帰りたいんだよ〜」って、にこにこしながら言うから、「まだ帰らないで」って言うと、ごろんと寝っ転がったから、よかった、まだいてくれるんだな。でも、お花畑って何？　と思っているうちにいなくなっていた。

楽しかったのに、やっぱり夢だったんだと思い知らされて、逢えてうれしいけど、もっと悲しくなってしまった。それでも、また逢いに来てください。

　おとうさんが還暦の時にみんなからもらった『かんれきだもの』の真っ赤なＴシャツ、残念ながらおとうさんが一度も袖を通さなかったあのＴシャツは、私がパジャマ代わりに着ています。

　いままでも空を見るのが好きだったし、写真も撮るけど、空には神様からのメッセージが隠されていると聞いて、メールが届くのを待つように、気が付けば空を見るようになりました。空が晴れて、きれいな雲が出ていたり虹が出ていたりすると応援メッセージのようでうれしくなります。

　つらいとか悲しいとか、思うことはたくさんあるけど、私は幸運だった。一緒に悲しんで、乗り越える仲間がいる。一人きりで乗り越えている人がいることを思うと『街録』みたいに、ちょっぴりでも背中を押して一緒に笑うきっかけを、今、頑張っている誰かに届けたいと思う。

　人は、一人きりじゃない。ちゃんと見渡せば何も知らなくても助けてくれる、支えてくれる人もいる。大きなものを失っても、新しいしあわせが必ず来ることを信じて生きてほしいと。

　今日はおとうさんの７回目の月命日でした。夢には出

てきてくれなかったけど、楽しくやっていること、観ていてくれたのかな？

　コロナのせいでいろいろなことが変わりました。おとうさんがいなくなってからいろんなことが変わりました。それでもいろいろと変わっていくことを怖がらずに楽しんでいます。今は5週間も配信ライブで、ご飯を食べながらB'zのライブが家で見られるのがとても素敵です。稲葉さんの『また、来週！』を楽しみに、パワーをたくさんもらって日々を送っています。

　今は仕事が週3日に増えたけど、それもなんとか乗り越えられそうです。コロナも悪いことばかりでもなかったね。ちびたちはママと私が元気にしているのが嬉しいらしく、一緒にライブを楽しんではしゃいでいます。

　長い長い追伸でした。さよならする前の数年間が、今までで一番輝いていたかもしれないね。ケンカばかりしてお互いがお互いを嫌っていた、あの頃にさよならしなくて本当に良かった。

　また、いろんなことを思い出しながら、長い長い追伸を書き続けます。それが私からの贈り物です。いつか全部持っていきます。たくさんの思い出をありがとう。

　　　　　　　　　　淳一さんへ、利子より。

あとがき

　夫の一周忌が過ぎ、あいかわらず目が覚めるたびに本当にいないんだな……と思い知らされ、寂しさは変わらないものの、何かひとつ区切りがついた気がします。

　長いような短いような、今まで経験したことがないことだらけの一年でした。

　新型コロナの影響もあり、無力感、閉塞感に苛まれ、苦しいことのほうが多かったと思います。

　それでも、孫たちから毎日エネルギーをチャージしてもらい、なんとかここまでやってきました。

　夫とのことを振り返れば、いつでも気持ちは伝えられる、そう思っていたのは間違いでした。生きているうちに伝えればよかったと後悔していることはたくさんありますが、今はもう私たちが生きたことを形にすること。それが供養であり、私が生きていくパワーにもなります。

　この本を読んでくださったあなたには、どうか今、生かされている時間を大切にして欲しい。パートナーを亡

くされた人も、パートナーと一緒にいる人も。

　亡くなる間際のたくさんの人たちが後悔することは「失敗したこと」ではなく「やりたいことをやらなかったこと」が大多数だそうです。だから、たくさんの人に一歩進む勇気を、ほんの少し分けてあげられたら……。ただそんな思いで、この本を書きました。

　担当の青山さんから自費出版しませんか？　と、声をかけて頂いたとき「いつか、出したいと思っています」そう答えたいつか、が、こんなタイミングになってしまったのは皮肉としか言いようがありません。けれど、そういう運命だったと思うことにしました。

　私は、たくさんの人から前へ進む勇気をもらいました。

　今、ここにあるしあわせを存分に味わって「あぁ、楽しかった」そう言って終われる時間を過ごそうと思います。こんな大きな後悔は二度としないように……。

　担当の青山さん、西村さん。私の夢を形にしてくださってありがとう。

「止めたって書くんだよね？」と、笑って許してくれた娘へ。

　書くことを応援してくれた友人たち、娘の友人。

　夫の勤務先の方たち、私の勤務先の店長へ。

たくさんの方に感謝しています。ありがとうございま
した。

　今年３月の初めに、丹治会長(社長)がご病気で亡くな
られました。あれから１年でまた悲しいことが増えてし
まいました。
　丹治会長のご冥福をお祈りするとともに、願わくは夫
と二人仲良く語り合い、笑っていて欲しいと思います。

　そして、中島みゆきの「糸」のように、逢うべき糸に
出会えたこと。それが私のしあわせであったこと。その
布は今もわたしをかばい、温めてくれています。

　最大の感謝をおとうさんへ。

　　　　　　　　令和３年３月

著者プロフィール

穂南 あずさ（ほなみ あずさ）

1958年生まれ。青森県出身、同県在住。
青森市合唱連盟発行の機関紙『おたまじゃくし』に「ぱるる」の筆名で、
本の紹介文【ぱるるの本棚―今月の立ち読み―】を連載中。

ブログ：穂南あずさの「カフェ・あずさ」
http://palulu-guin.cocolog-nifty.com/blog/

〈著書〉
『ゲンナイ君が行く』（2009年11月、文芸社）

あなたへの手紙 ～ありがとうとさようなら～

2021年6月15日　初版第1刷発行

著　者　穂南 あずさ
発行者　瓜谷 綱延
発行所　株式会社文芸社
　　　　〒160-0022　東京都新宿区新宿1－10－1
　　　　　　　　　電話 03-5369-3060（代表）
　　　　　　　　　　　　03-5369-2299（販売）

印刷所　株式会社フクイン

ISBN978-4-286-22712-2　　　　　　　　JASRAC 出2102631－101